FRASES DO NADA SOBRE UM POUCO DE QUASE TUDO

LINCOLN FABRICIO

Kotter Editorial

Coordenação editorial: Sálvio Nienkötter
Editor-executivo: Raul K. Souza
Projeto gráfico e editoração: Maria Luiza de Carvalho Rodrigues
Produção: Cristiane Nienkötter
Ilustração da capa: Laura Bariquelo
Revisão técnica: Ivan Justen Santana

Dados Internacionais de Catalogação na Publicação (CIP).
Angélica Ilacqua CRB-8/7057

Fabricio, Lincoln
Frases do nada sobre um pouco de quase tudo / Lincoln Fabricio.
Curitiba : Kotter Editorial, 2019.
142 p.
ISBN 978-65-80103-62-1
1. Poesia brasileira I. Título

CDD B869.1

19-1964

Texto adequado às novas regras do acordo ortográfi co de 1990,
em vigor no Brasil desde 2009.

Kotter Editorial
Rua das Cerejeiras, 194
82700-510 | Curitiba/PR
+55 41 3585-5161
www.kotter.com.br | contato@kotter.com.br

Feito o depósito legal
1ª edição
2019

FRASES DO NADA SOBRE UM POUCO DE QUASE TUDO

LINCOLN FABRICIO

SENDAS edições

CURITIBA
2019

Sumário

Aos meus pais
(que cara de sorte sou eu!).

A todos vocês, na conjugação do meu verbo amar, sem subjuntivos ou imperativos, mas com indicativa dedicatória pretérita e futura: meus eternos presentes.

Prefácio

Lincoln Fabricio é meu amigo. Isso talvez me tornasse suspeito como apresentador de seu livro de poemas. Para não mencionar o fato de que fiz a revisão e preparação dos textos. Mas é exatamente pela confiança da amizade que me propus a fazer um trabalho absolutamente rigoroso nesta revisão, preparação e apresentação.

Assim eu posso me sentir de fato um amigo. Por não ter feito concessões de complacência ao revisar versos e fazer cortes, na intenção de preservar apenas o que sobreviveria a uma primeira leitura. Pois é isso que considero valer, ao pensar em poesia. E em prosa poética.

Descontadas a mística envolvida, e a subjetividade que flutua entre o que é totalmente pessoal e o que todos compartilhamos como lugares comuns, deve sobrar no texto poético um algo a mais, que alguém possa aproveitar, de alguma forma.

Por profissão, Lincoln Fabricio é médico dermatologista – conforme Paulo Leminski: "viver é superdifícil / o mais fundo / está sempre na superfície". Músico, compositor e poeta ele também é, pela necessidade tão humana de se expressar de modo artístico. Necessidade que praticamente todos nós sentimos pulsar, mas que acaba sendo sufocada, ignorada ou amortecida, em boa parte dos casos.

Felizmente algumas pessoas têm a sorte, a capacidade e a oportunidade de transformar essas pulsações artísticas em produções materiais. E a felicidade da amizade eu também vejo como uma sorte, uma capacidade e uma oportunidade. Assim, que essas "Frases do nada sobre um pouco de quase tudo" representem também essa felicidade, espalhada de alguma forma nos textos poéticos que você, leitor, vai encontrar a seguir.

Ivan Justen Santana

A beleza de saber quem sou
É maior que todos os feios
Dos meus lindos problemas.

*

A beleza, sim, é tão fascinante
Que seria normal a vontade de chorar
Em reverência à sua falta.

*

A diferença dos cantos existe.
O meu pode terminar na dor.

Encantador,
Um sofrer melódico pela falta
Quando tanto se ama o desejar.

*

A Medicina, um mal?

Não, não há crase.

Tampouco um ponto sobre a vírgula.

Mas sim uma interrogação – intrigante interpelação.

A medicina, um grande mal? Pronto, piorei a pergunta. Grande? As palavras possuem vida.

Talvez este texto tenha saído agora do armário, junto com a blusa de lã, devido ao frio e a gripe. Gripe, vou chegar até você.

O que é o homem senão a própria natureza?

E o que é a natureza senão a maravilhosa, cruel e capitalista evolução? A vida é sinônimo de reprodução e de força. As espécies mais fortes sobreviverão. Sempre foi assim e sempre será. Às vezes, não sei o porquê, insistimos em esquecer a infância, as coisas simples, como os ensinamentos do ciclo animal.

Oh, metafísica defesa! Onde estão nossos predadores? Não enxergamos mais, José. Gigantes microscópicos seres assustam nossa pequena e macroscópica e mutante existência. Vamos nos vacinar. Vamos nos medicar. Antibióticos! Resistência! Novos antibióticos, novas resistências. Por que uma infecção hospitalar mata só quem está no hospital? Óbvio, o problema está com o hospitalizado, enfermo, enfraquecido, suscetível a um micróbio vagabundo e boêmio. Até tu, amiga Cândida, matas!

Não deveríamos nos preocupar mais em melhorar a espécie – fortalecer o homo sapiens – para que nosso corpo não padeça diante do insignificante inimigo? Não estamos no caminho errado, criando tratamentos e mais tratamentos, em vez de melhorar nossa resistência e não a dos bichos? E também não podemos esquecer que a implacável natureza irá eliminar os fracos, apesar dos esforços da medicina.

A manutenção da fraqueza não combina com a vida. Não é evolutivo. Estaremos todos vacinados, esperando a nova cepa, que com certeza virá. Tudo bem, não sou contra essa ou aquela vacina – sou contra a tendência endêmica de não pensar.

*

A música me encharca:
De perfume, os meus ouvidos,
De ritmo, meus sustenidos.
A música, harmonicamente, me canta vivo.

A música urge:
Traz o ar que respiro,
Traz tudo o que estou sentindo.
O resto nunca mais fará sentido.

*

A palavra autoestima perdeu o hífen.
Pra mim poderia perder até o "auto",
Porque só estima quem se autoestima.

*

A presbiopia me trouxe algumas coisas boas – poucas. Uma delas foi o livro não me vencer mais pelo cansaço. Meus olhos o abandonam antes. Trégua às escuras. Outra é ler, gostar do parágrafo a ponto de voltar a ele. Surpresa. Não estava escrito o que foi lido. Caberia um conto distraído, desfocado na perda da elasticidade.

*

A sobrevivência passa despercebida
Quando se beija a vida.
Se desejo é falta,
Imagine quando a falta é você...

*

A solidão me conquistou.
Sofro
Mais pelo ciúme:
Ela não quer saber só de mim.

*

A vida acelerada é uma chatice.
Gosto de beijo demorado. Sim!
E com todos os celulares desligados.
Gosto de gostar. Gostar de gostar.
Sem "selfie". Sem umbigo. Sem precisar se fotografar para [existir.
Isso já não existe...
Vejo todo mundo correndo... Correndo para ficar... Ficar parecido.
Que chatice!
Ouvido entupido.
Você quer mesmo falar comigo?
Não sou parecido. Parecido é o primo pobre da abulia.
Fique fria. Espero tua boca com aumento de desejo.
Arrasto o tempo – criança que pula da cama carregando o coelhinho.
De ponta cabeça, ou pela orelha, o tempo vem comigo.
Ah, vem! Ou corre atrás de mim, ou corre perigo.
Se acelero na escrita, fazendo trilha, entenda que continuo ladrão de suspiro.
Calma!
Passe teu tempo para mim.
Desligue o que te faz correr.

E deixe o resto comigo.

*

A vida em desejo

Ele tem a vida em desejo.
Não foge do medo.
Olha com poesia.
Só discute depois do beijo.

Se for pra falar
Prefere cantar,
E prefere dançar
Se tiver que correr.

Não abre mão do riso
De saber do acaso
E do rebolado
De findar à toa (com ou sem pecado)

Bica tudo que o faz ter bico.
Guarda a vaidade no bolso brocado.
Pensa no infinitivo.
Passeia pelo tempo distraído.

*

A vida está saturada de doença, de gente doente. E a medicina não vai dar conta disso. Não são apenas problemas orgânicos e psiquiátricos. São antropológicos, culturais, religiosos, filosóficos. E o resto? O não estar doente existe? Quem realmente não sabe o que faz mal? Enquanto a ignorância é dádiva, a burrice consciente é morte. Nesse ponto a vida segue soberana no fortalecimento da espécie. E que espécie. Quase tudo seriam flores se fôssemos colhidos aos quarenta, cinquenta no máximo. (Tento escapar do texto.) A medicina deu conta dos males, mas não do bem natural. Definir saúde é definir beleza. Tudo depende. E quase nada depende de nós. Investimos no tempo perdido para a autopiedade e morrermos reclamando do que nunca estará nas nossas mãos. Vida em vão? Pare! Qual a sua doença?

*

A vida estraga o amor,
Mata precoce
Quem estava jurado
A morrer por.

A vida silencia a paixão,
Cala com tosse
Quem olhava ao lado
Pra fugir da solidão.

Eu tomei conta da vida
E descobri que ela é fraca,
E mais frágil que a morte.

Agora sou eu
Quem toma conta de mim
Enfim.

*

A vocês que têm um trabalho de merda

A todos vocês que têm um trabalho de merda,
Que para sobreviver precisam aceitar a chateação,
Que para ganhar o pão precisam desperdiçar o coração,
Que para sobreviver precisam esquecer do viver,
Lamento.

Uma vida de trabalho inglório,
Falsos elogios,
Podres gratidões,
E você se levanta para o nada.
Cedo – afinal, alguém ajuda.
Alguém lhe garante o céu.
Lamento.

Vá pro inferno após ter vivido.
Ou sua vida foi só trabalho?
Para pagar as mesmas contas
E aguentar firme a noite
Infeliz, sim – não é você que sempre está procurando ser feliz?
Lamento.

Continue assim e a velhice tranquila chegará
Com sua missão – do mundo que lhe engoliu – cumprida.
Lógico, você deve ser do tipo que acredita na vida após a morte.
Seria insuportável mesmo viver assim, sem nada pra depois.
Seu ridículo!
Não lamento.

Provoco.
Prefiro sempre o vento e velejar
A ficar sentado, embalado.
Cuidado: frágil.
Cuidado: fracos.
Continuem assim com cuidado,
Trabalhando,
Faturando,
Comprando,
Trabalhando
Para os tristes.
Eles vivem melhor.
Um olá aos bancos.
Vamos em comunhão
Agradecer aos guardiões do nosso dinheiro.

Morram lutando
Mas não vivam morrendo,
Buscando a felicidade eterna,
Anti-humana e mentirosa.

Morram fazendo.
Vocês podem mais.
Mas não vivam reclamando
De tudo que poderiam ser,
De tudo que seriam se
Tudo fosse diferente,
Quando o que mais você quer é ser igual.
Todo mundo igual gostando do mesmo final.

Gozem.
Pulem.
Cantem.
Dancem.
Beijem.
Abracem.

E larguem
Esse trabalho de merda.

*

Aceite a galanteria
Deliciosa e gratuita
Que corteja sua boca e seu olhar,
Acompanha seus cabelos
Acariciando a pele do seu ombro
E muda de lugar.
Beleza fácil
Da estética precisa,
A graça é não precisar
Do esforço,
Esboço sem ética,
Nesse pescoço
A me revirar.
Passaria a vida aqui
Nesse olhar
Galante
A te desejar.

*

Acho que bebi.
Não me lembro.
Só sei que falei
O quê? Não lembro.
Que te amo eu sei,
Só não sei se falei.
Acho que bebi
Ontem de novo.
Que droga!
Envergonhei você?
Sono atrasado,
Mal estado,
Cansado,
Mareado,
Agora escrevo
Arrependido
De ter fechado teu sorriso.
Nada fácil beber
E não gostar de ter bebido.
Você me coloca na cama:
Lixo que não é lixo.

*

Acho que você gostou de mim.
Voltei melhor que cheguei.
Só recebe quem dá.
Um sorriso seu eu roubei.

Gostei muito de te conhecer.
Sua magnitude ocupou a sala.
Alguém que sabe o que fala
Não precisa se esconder.

*

Acredito no contexto invertido
Dos vícios,
Quando os erros
Dos outros,
Tão melhores
Que os meus,
Me levam de volta ao paraíso.

Ganho minha música
Aos ouvidos
Na revolta
Do sucesso arrependido.

Querida vida
Rascunhada
Que, passada a limpo,
Perde o sentido.

*

Amar ou não amar

Me perdoe por me julgar.
As pessoas não sabem o que fazer
Quando deixam de amar.
Umas traem e deixam o flagra ajudar.
As outras... Não existem as outras.

Geralmente o culpado não sente culpa.
Sinto culpa, sem me sentenciar culpado.
O culpado paga a pena e se livra.
Ou, pior, vive clamando por perdão.
Quem sente culpa arranca a pena
E escreve canções de amor no balcão.

*

Amor correspondido

Um bom dia
Pode começar assim,
Rendido,
Já entregue
Ao começo da noite
Nos braços do paraíso.
O que me faz dormir pensando em você
Também acorda comigo.
Impressionante o sentimento querido:
Acho
Que vai ficar escondido
Mas
De repente
Se faz infinito,
Sai
Do frasco o perfume,
Pulveriza
Poção mágica de alegria,
Um pescoço embeiçado.

Me pego sorrindo.
Não é fácil não ser exibido
Com esse amor correspondido.

*

Amor e Paixão

Amor é tudo aquilo que você morreria por.
Paixão é tudo que te faz viver para.

*

Ansiedade depressiva
Depressa se acha viva.
Vida não é o contrário de morte,
Ainda que morte seja o oposto devido.

Corra sempre sem parar.
Parado estará
Porque não se corre,
Gira-se.

De pressão indevida se faz a nuvem
Que chora.
Gravidade é cair.
Embriagada, será sempre fugitiva.

Temos ânsia,
Infância perdida,
Autoimportância indevida.
Temos distância,

Sofrimento que esquece o bom senso
Pode e deve ser sofrido,
Mas o pensamento precisa ter senso
Para não cair no perdido.

*

Antes
Eu gostava mais dos outros do que de mim.
Agora
Eu não gosto mais dos outros
Nem de mim.

*

AO_2 (Dióxido de amor)

Aquele ar que entra simples
E sai suspirado.

*

Aroma da sabedoria

Sempre procurei a beleza em tudo,
Até nas coisas em que ela não cabia.
Uma fantasiosa realeza
Tentar enxergar o belo até em estado de agonia.
Aprendi que a procura da beleza com delicadeza
É o aroma da sabedoria.

*

As pessoas adoram fazer o que não devem,
o que não é certo.
Como sempre há algo que dá errado,
Essas pessoas se transformam nas mais corretas vítimas.

Prefiro que você me impeça
Do que eu mesmo tenha que me abster.
Mais fácil quando não podemos
Que quando não devemos.
E se o querer bastasse,
Nada sobraria ao poder,
A noite seria apenas
Sobreviver
Ao dia seguinte.

*

As pessoas estão consumindo demais.
Eu prefiro apreciar,
Sem preço,
Sem pressa.
Cuidar do tempo,
Sentir o atraso com prazer,
Suspirar o desejo.
Todos passam correndo.
Eu prefiro passar lento,
Lendo a pressa com sorriso
De quem acabou de levar um beijo dormindo.
Sinto sua mão no meu cabelo.
Você está vendo um filme.
Eu estou te vendo,
Sentindo pelo pelo
Meu momento.

Pelo acaso da minha vontade
Quero tua boca feito beijo
Sem didática na entrega
Trêmula de emoção.

Pelo acaso da minha vida
Quero teu corpo feito sexo
Sem tempo no pensamento
Pegando fogo na fricção.

*

Assim como as estrelas aparecem à noite,
Você surgiu para mim pela escuridão.
Estrelas surgem quando o sol se esconde.
Quem precisa do dia, precisa de vitamina.
Eu só preciso da lua e da minha menina.
Quero você na minha boca pelo jeito do beijo,
Pelo canto
Das rimas labiais do desejo.

Agora é dia e você se foi,
Mas sei que está lá.
Acredito sem ver,
Feito criança sorrindo
Com olhar perdido ao céu.
Noite é para se ver o que não se vê de dia.
Igual ao mar,
É preciso mergulhar
De olhos abertos
Para vero amar.

*

Até o mar funciona em ondas...
Amar é assim,
Infinito horizonte.
Terra à vista não é para amantes.
Amor é a própria ilha flutuante.

*

Beijo a caminho

Alcanço a caneta e começo a escrever meu beijo.
Faço da tinta no papel um ballet,
Pulsão do verdadeiro viver.
Afloro meus instintos
Como se meu olhar abraçasse esta escrita com carinho:
Hora de soltar a pena.
Minhas mãos querem se prender nos seus cabelos
Nesse beijo a caminho.

*

Círculo da morte, que não deixa de estar viva

Coisas acontecem simplesmente.
Acontecem coisas simplesmente.
Simplesmente coisas acontecem.
Acontecem simplesmente coisas.
Simplesmente acontecem coisas.
Coisas simplesmente acontecem.

*

Continuando no apenas,
Giro o gerúndio
E caio na solidão
Das antenas

Ao transmitir ondas
De paixão,
Antes do raio,
Encontro outro solitário
Amigo para-raios.

*

Coração de batom no espelho.
Copo de leite imenso
Imerso na garrafa
Que já pertenceu a um Sauternes.
O branco eterno da flor
Prolonga a explosão da noite.
Sorrio pro espelho
Que pisca pra mim
Enquanto faço arte
Flambando a rolha
Recolhida do chão
Debaixo das tuas peças
Tão íntimas.
Tudo exala teu cheiro.
Fumo teu perfume,
Faço bico apaixonado,
Inspirado
E rabisco o pequeno carvão
Na pia e no azulejo,
Meu gigante te amo
Quando
De repente saio
Antes do teu despertar
Para o bom dia
Te acordar
Com o meu amar.

*

Coração falhando

Meu coração começou a falhar. Cedo? Pela idade, não; pelo jeito, sim. O ritmo pode se arrastar no tempo, mas a melodia precisa de começo, meio e fim. E meu coração caminha assim. Ele falha no peito, só de olhar o olhar perfeito. Uma respiração profunda e pronto, suspira como se fosse parar. O médico disse que não tem remédio para quem abusou de amar.

*

Corrigir mentiras?
Por que não corrigir verdades?
Mentiras pedem mentirosos perdões.
Verdades, apenas um não.

*

Culpa tua!

Imoderado na paixão,
Violento no desejo,
Entrego beijo
Com coração

De toque delicado,
Quadril descontraído,
Cabelo rendido ao vento,
Canto doce e deitado ao pé do ouvido.

Me chamava "bom perigo".
Sabia fazer chover
Bem debaixo do vestido
Em todos os sentidos.

Adorava receber o alheio
Indomado do querer
E conseguia fácil parar o tempo
No momento fundo do suspiro

Até que aquela moça ali
Mexeu comigo
E amanheci apaixonadamente

Abduzido.

*

Da beleza dançarina dos meus sentimentos
Expiro a certeza de que viver para você vale uma vida inteira,
Alegria explosiva detonada na inspiração do universo.
Flutuo flanando no rodopio mágico da canção
Que escolhi para o meu eu te amo.

*

Daria um beijo na lua

Qual seu profundo desejo?
Cutâneo
Arrepio
Tão necessário como o sol e a água
Fria.

Qual a sua música?

*

Das vezes em que bebi,
Minha carência apareceu.
Carência de você,
Carência de nós dois,

Como se quisesse me sabotar,
Fraudar meus próprios sentimentos,
Invejar a mim mesmo.
Isso a bebida fez comigo.

Das vezes em que bebi.
Olhei para outras pernas.
Sorri para outras bocas.
Esperei o sol surgir para dormir.

Descobri que não gosto de beber.
Não apenas pela ressaca,
Ou pela desculpa da falta de moral,
Mas pela moral na falta de desculpa.

*

Desfrutando meu gostar

Coração encharcado de perfume,
Caminho entre as flores
Com o vento remexendo meu cabelo,
Acompanhado pelo mágico bem-estar
Profundo e infinito do teu olhar,
Com a doçura de um coro em corpo
Que se entrega à canção.
Poderia parar de escrever por aqui,
Mas a emoção de viver,
A quase insuportável certeza
Da melhor vida do mundo
Na eternidade do momento
Não me deixa
Deixar de desfilar no papel
Esse ser
Que por saber amar
Simplesmente flutua
Transparente
Na dimensão particular
Da mesma emoção que faz chorar
Quando a nota musical toca...
A pele
Arrepia
Com arritmia
E a imensidão da beleza
Vira a própria composição do ar.

*

Dias do lado do mal,
Eu me sinto tão normal.
Tardes pelo lado do bem,
Eu me sinto também.
Meus dois lados
São de meio
Entre as tuas pernas,
Meias noites inteiras
Quero viver.

*

Dias melhores
Verão.

*

Dinheiro sei como ganhar.
Só não sei ganhar sem perder.

*

Do bar
Até baldear
Sobre
O desgosto amargo
Para acordar algemado,
Mexido
De sofrer
Outro não querer.

*

Do falar mal

A comparação interpessoal
Segue pelo caminho mais simples:
O falar mal.
O que não deixa de ser natural.
Reflita.
Ao elogiar alguém, torna-se difícil ser melhor.
Mas se observar apenas os negativos,
Comentando com satirizada crítica,
Uma janela se abre e a brisa do bem-estar entra,
Dizendo que você é melhor que o tal.

*

Do poeta

Palavras enrugadas.
Estrias do pensamento.
Onde está a cura
Desse sofrimento?

*

E o dia se foi noite
Com o sol a fugir da lua
Apaixonada,
Repleta de flores de estrelas.

*

É quando a saudade traduz o amor.
Esse sentir a falta agradável e insuportável de alguém.
Não há ponto que se sustente.
Nem final.
Tudo fica na angustiante espera reticente.
E sente.
Sente-se.
Saudade dói mais que dor de dente.
Mãozinhas apertam o coração.
Olhai pro céu, olhai pro chão.
O que não se consegue injustamente é olhar pra frente.
O tempo perde a graça e fica ele mesmo doente.
Saudade se alimenta da lembrança biográfica carente.

O amor está presente.

*

E se eu pudesse acordar
Jamais teria dormido
Todos esses anos sem você.

E se eu pudesse parar de respirar
Jamais teria nascido
Mil vezes para te ver.

E se eu tentasse,
Viria um suspiro
De que minha vida já valeu
Por ter te conhecido.

*

Em parceria com Ivan Justen Santana

Nasci Lennon:
Me mataram cedo.

Cresci McCartney:
Cortei a carne.

Envelheci Harrison:
Uma faca no coração.

Morri Ringo.
Super Starr.

*

Em sono profundo
Sob a luz do abajur
Deitada de lado
Minha vida
Dourada.

Sentinela dessa beleza divina,
Me orgulho pela sua eleita realeza,
Dou risada da menina levada,
Sou o homem da mulher mais amada.

Fácil ficar aqui a admirar
Tão bela musa adormecida,
Luz infinita de calor
Diante de todo o meu amor.

*

Embalando meu sono na tua beleza,
Vou fechando os olhos em rima feminina,
Matéria vívida
Extraordinária
Desse estado da consciência
Do outro lado da vigília
Quando o amor toma conta
Das ondas cerebrais
Na maré
Adormecida
Em sintonia.

*

Embaralhar palavras é mais divertido que escrever um livro

Parar de brincar não combina comigo.
Deixaram a porta aberta:
Espio o perigo
De querer entrar no escuro desconhecido.
Ser menino é preciso,
Instável adulto perdido
Não combina mesmo comigo.
Entro e fico arrependido
De tanto não vivido.

Você vai ficar parado lendo esse livro?

*

Empilhando pernas

Empilhei
Meus livros,
Meus discos
E minhas pernas.
Quem inventou o sofá
Merece um beijo
Deitado
De lado.

*

Encontrei em Nietzsche minha angústia da vida.
Em Fernando Pessoa, minha pessoa perdida.
Em Bertrand Russell, meu prazer pela vida bem vivida
Em Michel Onfray, minha liberdade divina.

E em você, o amor da minha vida.

*

Engraçado o poder da beleza.
Por quê?
Porque ele existe.

*

Enquanto estiver a olhar o mar
Acalmado
No fim da tarde
Com o sol se pondo
Realizado
Pelo bronzeado do teu corpo
E a lua estiver a caminho,
Aparecerei no cantinho,
Feito pássaro
Em perfeito voo rasante,
Derramando um abraço em forma de vento,
Iluminando de azul o tempo
Ao infinito
Horizonte,
Olhando teu rosto sorrir
Condescendente
Ao radiante amor presente.

*

Então venha
Na horizontal
E me leve
A mal.

*

Envelhecer amando é escapar com vida.

*

Envelhecer é não conseguir mais achar os desenhos
[nas nuvens.

*

Enxergo o que sinto
E me sustento
Com o sexo da vida.
Meu resto é passatempo.
O mundo em que vivo é lindo.
Ao teu ouvido repito
Um pedido:
Dança essa maravilha comigo?
Nada atrapalha os sentidos
Se a falta de sentido
Fizer sentido
Ao vivido.

*

Escrevo tudo agora.
No futuro
Pode virar castigo
Ter dito
Atrasado
O que foi
Escondido.

*

Espaço é o lugar onde os olhares dos amantes se encontram...
[Por isso, infinito!

*

Estou fora de foco.
Estou me despedindo.
Sinto saudades.
O som está sumindo.
Olho tudo com o coração de fundo.

Estou fora de foco.
Como é triste estar partindo.
Tudo escurecendo.
Eu cada vez mais branco
Guardo os semblantes mais bonitos.
Estou me despedindo.

*

Estou ocupado para a morte,
Pela qual não morro de interesse.

*

Eu espirro quando minto.
Eu não minto quando espirro.
Meu espirro é de alergia
Pela verdadeira mentira.

*

Eu gostaria de declamar
Deitado na cama.
Ah, esse lugar confidente,
Íntimo e quente!
Olhando seus olhos
Eu diria
Com doçura
Ácida e ardente
Tudo o que você já sabe
De uma forma diferente.

*

Eu não acredito em Deus
Mas às vezes sinto muito
Que ele acredita em mim.

*

Eu só existo porque meu pai gozou,
Mas foi minha mãe quem fez ele gozar.
Sou filho do prazer.
Não dá para esquecer.

*

Eu, música?

Sendo música,
Tenho notas coloridas,
Repetidas,
Divididas,
Remexidas,
Algumas perdidas,
Todas perfumadas,
Queridas,
Mas fico muitas vezes sozinho
E corro atrás de você,
Louca harmonia,
Voo emocionado
Pela pura e plena sintonia.
Sei que desrespeito o tempo.
Ele já me entende
E me olvida.
Também faço pouco da rima.
Ela se vinga
E me desafina.
Nunca sempre,
Grave agudo,
Quase sempre
Sou carente,
Melo o dia,
Valorizo a emoção do corpo adido,
Ardido,
Delicado,

Sustenido,
Adoro roubar bemol gemido
Para ter som,
Martelo, bigorna, estribo
Do tímpano
Ao labirinto dos cílios
Enlouquecidos,
Sendo música,
Penso ouvindo
E chego
Rindo da vida
Do ritmo perdido.
Que peça essa!
Apaixonado pelo que sinto,
Sei desejar
Me deixar levar
Pelo seu canto
Quando me canta.
Bato no peito.
Como beijo,
Sei fechar seus olhos
Porque encho os ouvidos.
Músculos são escravos do meu sorriso.
Não vou deixar ninguém dormindo
Se não for comigo.
Não vou deixar nada acontecer
Se não vier comigo.
Deveria conjugar no feminino
Mas música é masculino,

É pavão,
É menino
Egoísta, se não fosse exibido
E saborosamente vivo
Para você
Sendo música.
– Faz sentido!

*

Exageros do nada

Enxergar os exageros do nada,
Esse poderoso nada
Do sonho de tudo.
Sonhamos ser tudo,
Queremos tudo
Sem ser quase nada,
Apenas para ser quase.

Mas vale o riso
Efêmero
Do sopro de vida,
Piada amiga,
Gostosa,
Para ser saboreada
E comida.

*

Existe chama invisível em certos motores,
Quando o combustível é puro demais.
Explicado o gostar.
Chama azul é falta de oxigênio no ar.
Explicado o brilho do meu olhar
A te admirar.
Labareda esverdeada é queima elétrica.
Explicado o mar do amar.
Comecei a contar
Que o fogo tem várias cores
E o papel ficou enciumado.
Resolvi parar.
Medo medieval de me queimar?
Mal cheguei ao fogo dourado
Pela pele,
Rosa dourada
Que acessa o coração
Sem perguntar.
Explicada a alquimia
Do tentar explicar.

*

Explosão de beleza

Rendido,
Acordei te vendo
Vivido.
Vontade do tempo
Vestido,
Memória do desejo
Prazido.

*

Faço música para morar
Nesse lugar melódico chamado lar.
Sinfonia do meu ser:
Onde mais consigo caber?

*

Falar alto com a batida forte do amor não é para todos. Aprendi cedo que mais vale um olhar de beijo desejo que... que todo o resto de tudo! Mas parece que isso não é bom para o peito. Tarde demais... que perfeito. Eu amara.

*

Fazer do amor
O amor
Que faz
E ama fazer
É fazer do fazer
Outro verbo amar
Transitivo redundante.
Faço tudo pensando em você.

Faço tudo amando você.
Amo tudo fazendo você.

*

Fazer estoque de beijo
Para gastar quando você não está.
Reserva apaixonada
Reservada.

Parece coisa de criança
Mas é de menina muito amada,
Encanto sobre canto
Encantado.

Lábios deixam de ser
Quando se abrem,
Passam desejo
E vivem querendo

A boca que os chama de beijo.

*

Forças?
Convivo com todas as minhas forças.
Amo com todas as minhas fraquezas...

*

Gosto de te vestir gata
Para te despir felina.

*

Gosto e não gosto de mim

Das pessoas que conheço
Uma das que mais gosto sou eu.

Das pessoas que não conheço
Uma das que menos gosto sou eu.

*

Hérnia?

Nada fácil, tão pouco natural. Nada natural, tão pouco fácil. Desconforto. Sou assim, um desconforto. Meu nome? Transdisciplinaridade.

Poderia ser uma hérnia. Talvez seja uma hérnia. Nem sempre vertebral, entre rochas. Nem sempre inguinal, entre partes moles.

Causa dor ser hérnia. É estar além. Estar além é atrapalhar.

Incomoda ser hérnia. Muitos querem me fazer voltar para o meu lugar.

Sou assim e assim é não poder ficar.

O aumento de pressão me fez nascer. Mas o excesso de fragilidade também pode me criar. Curioso, não? Ser trans é trans-ser!

Uma hérnia pode comprimir, pode encarcerar, pode até estrangular. Mas sou da paz, tumor do bem, ruptura para avisar que há algo fora do próprio lugar.

Hérnia é estar entre e através. É não estar.

*

Hoje estou com tempo. Tenho todo o tempo do mundo. Desmarquei tudo. Já não tinha tanta coisa assim para desmarcar... Precisava de um tempo para pensar. Pensar em tudo aquilo que penso, quando estou sem tempo. Quando alguém fala comigo, escuto apenas o meu pensamento. Chato isso. Então pensei: preciso dar um tempo. Agora estou aqui, com tempo. E estou pensando que o tempo, esse de que falei agora há pouco, não existe.

*

Hoje separei a caneta para escrever
Mas fiquei no branco em branco,
A olhar o papel
Com palavras na ponta da língua
Da boca em que a caneta brinca.
Já sei:
Vou despertar um acorde.
Quem sabe no ar caiba melhor
O sinônimo da escrita
Que ao ser cantada
Se dispa
E aceite minha tinta.

*

Hoje você reclama
Que não foi.
Posso lhe dizer:
Você era melhor quando queria ser.

*

Homem, substantivo masculino.
Leão, adjetivo masculino.
Mulher, verbo masculino.
Sexo, advérbio feminino.

*

Humano subdesenvolvimento

Acordam com sono.
Correm sem tempo.
Vivem com dor.
Reclamam do vento.
Contam vantagens.
Contam dinheiro.
Sabem de tudo.
Fotografam cada momento.
Fotografam-se em cada momento.
Culpam os outros.
Salvam a pele.
Amamentam a piedade.
Alimentam o sofrimento.
Crescem afobados.
Furam filas.
Falam gritando.
Amam distante o próximo.
Detestam parentes.
Julgam primeiro.
Arrumam os dentes.
Nunca erram.
Engordam sem comer.
Possuem tireoide.
Repõem vitamina.
Perguntam sem querer.
Respondem politicamente.
Escutam sem pensar.

Catequizam indigente.
Sonegam coletivamente.
Pregam salvação.
Exigem respeito.
Matam de fome.
Morrem dementes.
Querem o que não precisam.
Compram o máximo.
Gozam para o amigo.
Valorizam o sentimento.
Maquiam o movimento.
Enaltecem a tragédia.
Buscam felicidade.
Casam e param de namorar.
Depositam rebentos.
Liberam a raiva.
Rezam primeiro.
Fogem da vida.
Morrem de medo.
Responsabilizam a falta.
Faltam com o desejo.
Pertencem à verdade.
Fazem que fazem.
Digitam comunicação.

Atestam o próprio subdesenvolvimento.

*

Inverso sentido
Me quebro
Perdido
De fato
Ferido.
Contava contigo
Não só
Subentendido
Pelo mal
Entendido
Mas porque
Nunca conto comigo.
Um desperdiço diverso
Se o amor
Tivesse
Sido
Ao mais
Amigo.

*

Jogo de sedução

Usa seu charme na risada e dissolve,
Ironicamente, qualquer tentativa de beijo.
Da sobriedade à disfarçada embriaguez,
Um escovado piscar de cílios
Solta o movimento suave e totalmente feminino do cabelo.
A manga da camisa escorrega em câmera lenta
E revela um ombro perfeito.
Gira o pescoço ao lado oposto.
Novamente ri.
Uma gargalhada ergue vinte e sete graus o seu queixo
E expõe uma veia túrgida sobre um músculo lindo.
Fibras chegam de viés.
Colo se tensiona.
Os dois braços sobem para a frente,
Obedecendo as mãos
Que já prendem o cabelo.
Orelhas e seios apontam à luz.
Por um instante, para.
Séria, diz qualquer coisa,
Percebendo seu poder.
Retoma a situação.
Controla e descontrola.
Jogo de sedução.
Testa meu nível de proteção.

*

Juntar todas
As palavras bonitas
Não faz um poema
Nem um enredo.

O bem-estar da beleza
Está na surpresa
De virar a curva
E ganhar um beijo.

*

Lápide

Qualquer coisa, me chame.
Estou aqui para sempre.

*

Livro-ai-nos do mal

No livro
Me livro
Da vida
Sem tempo.

No livro
Me livro
Do tempo
Sem vida.

No livro
Sem tempo
Com vida
Me livro.

No livro
Com tempo
Me livro

Livre.

*

Mal comecei o rascunho e precisei parar, sair ganhar a vida, como diria meu avô, que de tanto trabalhar ganhou a morte mais cedo, ou ganhou da morte um mais cedo, nunca me lembro qual faz sentido primeiro. Segundo o nono, que me deixou um conselho sobre as mulheres, as mais velhas mandam. Porque nunca perguntei das mais novas fiquei sem resposta, ainda bem, certas coisas são sempre melhores sem saber, olho o papel, larguei ali o rascunho e passei o dia a limpo, querendo voltar para casa, totalmente egoísta, daquele egoísmo puro, bonito e sincero, de não precisar falar com ninguém, de não ter que ligar, nem desligar, para viver absorto no primeiro sofá, sem hora para nada, com tempo para tudo, desde que o tudo seja apenas você, não você e o mundo, apenas você. Que maravilha a vida de um só coração, uma só boca, calada, para então voltar ao rascunho...

*

Mata muito mais no começo
O fim da vida,
Sempre a mesma.
O que muda a morte é a vida.

*

Medicina, música e poesia?
O material é o mesmo: a vida.
O que muda são os instrumentos:
Seres humanos, notas e palavras
Divididos em suspiros, silêncios e sílabas
Agrupados na melodia,
Perdidos em harmonia.

*

Meteorologicamente atrasado,
Ando assim: fora do clima! Meu ritmo é só meu.
A velocidade do meu beijo é só minha.
Fazer o quê se gosto de dançar pelado?
O ritmo é só seu – não importa o que não tenha que
[comprar.
Insistem mais em me vender o que não preciso desejar.
Se quero cantar a chuva,
Quero também me molhar.
A fúria de um vulcão não é fúria,
É dança de lava,
É êxtase sexual do centro da terra
E alguns morrerão.
Lamentar o quê?
Eu faço meu melhor para entender
A ignorância dos que não querem entender
E não me deixam dançar.
Insistem que preciso ganhar,
Mas quando canto
E vejo você dançando,
Vejo seu coração na batida da canção
Levitando os pés do chão,
Acreditando que viver é bom demais
E a dor também cabe na paixão.

*

Meu mau humor está aí,
Só porque estou preso aqui
Dentro de mim
Querendo explodir.

Não tem motivo.
Não sou assim.
Estou assim,
Irritadíssimo.

Já estava na sexta
E hoje é segunda.
Essa semana não vai passar.
Preciso sair de mim.

Que mundo lindo é esse
Que me trancou dentro de mim?

*

Meu relógio virou no pulso.
Agora tanto faz, ou faria, saber as horas de agonia
Mas elas insistem em se exibir
Quando viro minha veia para a quimioterapia.

*

Meus olhos ainda te procuram,
Mais e mais quando fechados.
Meus ouvidos ainda te escutam,
Mais e mais quando deitados.

*

Minha velhice
Tornou-se
Visível
E a doença,
Pura ofensa.
Me ironizo
Com desrespeito
Irresistível.
Não faço mais a diferença.
Vou dizer que tudo valeu,
Meus filhos precisam desse valor.
Vou fazer que tudo foi bom.
Meus netos hão de herdar meu amor.

*

Modéstia é uma palavra falsa.

*

Modo avião

Estou em modo avião,
Modo assim
Longe de vocês,
Perto de mim.

Perto de quem tá a fim.

Estou em modo avião.
Eu ando agora assim
Escapando das redes...
Quantos pescadores, quanta ilusão.

Tudo na mão... Não!

Eu quero um toque
Debaixo do lençol,
No sofá ou no chão,
Por cima da canção,
Mas só escuto bip e reclamação.

Não desço mais daqui
Nem por leite sem nata,
Nem por vitamina de salvação,
Nem por ninguém
Com telefone na mão.

O meu mundo virou exceção.

Não me escreva em grupo.
Quero tua mensagem secreta.
Não me venha sem tempo.
Quero tua tentação
Completa.

*

Morrer de amor vale a pena

Sobrou quase nada do pássaro caído
Salvo a vontade de escrever.
Ele arrancou então a última pena,
Molhou a ponta no próprio sangue
E escreveu seu epitáfio:

Aqui jaz quem te amou.

*

Morrer não é dormir pra sempre.
Morrer é parar de sonhar.

Viver não é estar acordado.
Viver é não parar de sonhar.

Tudo que você sonha ser
Você nunca tudo será.
Problema? Não há.

Problema é parar de sonhar.

*

Música é quase tudo.
O resto, quase nada.

*

Na dúvida, duvide.
Na proximidade, beije.
Na beleza, deseje.
Nos meus braços, deixe-se.

*

Nada como perder
Para achar
Que tinha.

*

Não acredito em quem não mente.

*

Não acredito na morte. Acredito na dor. A morte não existe para quem morre. Por isso mesmo não suporto velório. Não acredito em velar o que já não existe. Arrumar o caixão? Peço perdão aos ofendidos. Dos que vivem disso não preciso, já recebem por isso. E o respeito ao morto? Respeite a vida! A morte não é digna de vida.

*

Não é por você estar certa
Que eu não queira deixar
De estar errado.

*

Não existe lado certo.
Existe você errado.

*

Não há dor no vazio.
Estou cheio
De dor.

*

Não há ilusão com seu próprio sentimento,
Há erro.
No desejo não há mentira,
Só disfarce.

Sempre existirá o pior:
A culpa,
Não o erro,
A culpa.

O saber tem culpa.
Erros são erros.
Errar e saber, não.
Sorte da dor.

Vontade de gritar.
Chorar de medo
De saber
Do erro.

*

Não penso,
Logo desisto.

*

Não sei muito bem
O que as coisas querem dizer
Quando as digo,
Quando escrevo essas letras.
Mas adoro quando as sinto se soltando de mim
E se agarrando à melodia, me roubando um sorriso,
Um suspiro,
Pelo prazer quase infantil
Do imaginário criativo.

*

Não sou daqui.
Muita coisa me machuca.
Não pertenço a este lugar.
Muita coisa me faz mal.

Quanta custa para mudar?
Quanto tempo o tempo vai levar?
Meu amor vai aguentar?
Será só meu bem, estar?

Pior é aceitar
E sobreviver
Para ver
O igual final.

Quem vem comigo?
Quem não teme mudar?
Quem realmente quer ser o que quer?
Quem está fora do lugar?

A música me chama.
A boa vida é negar.
Preciso parar agora
Para cantar.

*

Não tenho medo de morrer.
Tenho medo do velório,
Da missa e da oração.

Isso me mataria.

*

Não, agora sim.
Sim, muito sim.
Não, chega.
Chega não.
Sim, sim.
O que muda é o agora, não?

Sim.

*

Nariz de irmãs

Escaparam do problema do pai
Que respirou o mundo
E quebrou o queixo.

Quadrado de mandíbula,
Amor de criatura,
Só ria quando perdia.
Deixou duas filhas.

Respire para aguentar até o final.
Se faltar fôlego vai ser fatal.
A mamãe não vai gostar.
Perdeu a hora de acordar.

Curioso
Só precisar
Despertar
Quem gosta de sonhar.

Os chatos de leite aguado
(Nada de nata – hipertrans – zero cal)
Estão sempre de pé ao acordar,
Prontos para correr da vida,

Prontos para nunca mais dormir nem ter que sonhar.
Atrapalha o treino.
Quem sempre malha
Tudo alcança.

O importante é ser feliz.
Muito dinheiro,
Nada para pensar,
Tudo para reclamar.

Vamos todos – irmãos
Ajudar o pobre a ser pobre.

Estou muito incompatível.
Mau humor.
Muito de bem com a vida,
Ironizando o céu que podia ser lilás, aliás.

O texto terá vida.
Culpa do café amargo.
Fui envenenado.
Estou morrendo bem mau humorado.

*

Nascemos todos para sugar os seios,
Mamar nos desejos
Mas morremos mal nutridos,
Apaziguados na via láctea das dúvidas,
Tratados longos,
Bem escritos,
Pouco amados.
Quem será esse pequeno eu
Quando crescer (de lado)?

*

Ninguém é daqui.
Sobrenomes do além.
Todo mundo ama em inglês
Mas querem que eu cante em português.

Sou do Brasil, livre do fusco,
Independente da ordem,
O progresso é em dólar,
Mas querem que eu cante em português.

*

No fundo
Tudo é sexo
E aquilo que não é
Deveria ser.

No raso
Tudo é sexo
E aquilo que não é
Deveria ir fundo.

*

Nunca tive medo da resposta.
No fundo, só perguntei o que já sabia.
Ao resto, guardei perguntas
Que farei,
Quando souber as repostas,
Um dia.

*

Somos os netos da televisão.
Filhos do casal com celular na mão.
Somos a nova classe média entupida de religião.
Somos a futura cota da nação
Geração sem escola.

*

Nutra suas ilusões

Alimente suas fantasias!
Viram reserva praqueles dias.

Cuide das suas invenções!
Ganham colo nas contradições.

Mande beijos pro espelho!
Ajudam quando caímos no salão.

Nutra suas ilusões!
Criam cor na solidão.

Estrie seus pensamentos!
Cicatrizam as indecisões.

*

O amor é perecível.
Congelo-o?
Não!
Tempero-o com o aprazível.

*

O amor nasce
Quando separado se sente falta.

O amor morre
Quando junto se sente falta.

Junto ou separado,
A constante é a falta

Que faz o amor nascer.
Que faz o amar morrer.

*

O ar fica pesado quando a ambição não cai.

*

O bem precisa do mal.
O mal não precisa do bem.

*

O bem quer estar no plural.
O mal é singular.

*

O bom é
Poder não querer pouco,
Querer não poder pouco,

Porque
Querer o que se pode é não querer,
Poder o que se quer é não querer.

Vou me traduzindo:
Nunca posso querer pouco
Porque sempre quero você.

*

O café ficou frio,
Injusto
No último gole.

Nosso beijo ficou sem língua,
Injusto
Não precisar mais da saliva.

Não desejamos mais os corpos,
Injusto
Todo dia parecer de saída.

Não fechamos mais os olhos,
Injusto
Não enxergarmos nossas vidas.

*

O filho rebelde,
Espelho
Da sua ausência
Vestida de trabalho,
Ironia
Do ciclo da morte.
Não ousemos chamar de vida.
Mais dinheiro,
Menos respeito,
O resto se compra.
O meio fica triste
Por inteiro
Sem opção de troca.
Chateações impostas
No caminho
Sem volta
– Apague essa luz.
Hoje não vou pra escola!

*

O homem age
Por homenagem
Às mulheres.

*

O mal nasce do bem.
O bem nunca existiu.
Somos assim:
Mau pedaço do acaso,
Fingindo bom descaso,
Pedindo sim.

*

O medo

Artes têm segredos,
Artes têm magias,
Ao perder pros medos
Perdem-se alegrias.
(Ivan Justen Santana)

Penso que o medo tem alegria
Quando vale o enredo,
Quando vale a magia.

Perder-se no medo
De ter medo:
Isso merece terapia.

Segurar o medo
Da alegria,
Só remédio ajudaria.

Ganhar do medo
Pode também
Trazer melancolia.

Poeta, você
Se pudesse
Não empataria?

*

O mundo não precisa de você.
Não se iluda.
Quem te liga não liga pra você.
Amigo virtual não é amigo.
É um simples desconhecido real.
Nunca se falou tanto sobre nada.

*

O peso vem do medo.
O medo vem do peso.
Quem pesa se justifica.
Quem tem medo se pesa.

Festejo minha leveza
De extrema liberdade,
Desprezando o excesso
Da pesada indiferença.

*

O poeta,
Como vive muito o errado,
Geralmente está certo.

*

O prazer intenso e explosivo da beleza dançarina dos meus pensamentos.

*

O preço do sonho

– Quanto custa sonhar?
– Dormir.
– Mas se eu sonhar acordado?
– Aí custa mais caro.

*

O problema de não dormir direito
É ficar com o sonho atrasado.

*

O que é a vida?

Vida é a
Quântica
Musical
Deliciosa
Esotérica
Sexual

Ilusão.

*

O que eu tenho para dizer
Eu canto.
O que eu tenho para calar
Eu falo.

*

O que seria o homem senão o produto do animal com o dinheiro?

Homem moderno = animal antigo x dinheiro novo

*

O que você não entende em mim
Eu prefiro bem assim.

*

O sol é para todos,
Mas comigo
A noite
É toda sua.

*

O som perde para a luz na corrida,
Mas ganha no toque.

*

Olho tua boca
E, sem falar, digo:
Quero teu beijo.
Senão, por que vejo?

*

Onde você quer que eu esteja,
Onde quer que esteja
Você a me desejar,

Esse é o lugar
Onde vivem juntos
O pensar e a mente,

O querer e o quente,
O sugo e o sabor,
O sexo e o amor.

A vida nasce desse tal lugar
Que não se pode negar.

*

One
Day
We
Will
Go
Till
The
End

And
The
End
Will
Be
Only
The
And.

*

Organicista desorganizado,
Só lamento os mal-humorados
Na festa da vida.
Não aguento quem não aguenta ser feliz
E sempre reclama da dor.
Dor é pra doer.
Vida é pra se viver.
Chega de final feliz.
Novela balofa, irmã materialista,
Liberdade sim,
Até o fim.
Quero seu beijo
Quem quer desvendar o mistério
Não quer saber,
Quer ser reconhecido,
Sujeitinho doutor.
Tudo por nada.
Nenhum por nenhum.
Fico com o rock.
Fico com você.
Louca
Boca que dança.
Apenas desejo
E faço.
Faço do meu meio
Sempre um novo começo
Sem fim.

*

Ou você vive até morrer
Ou você morre vivendo.
Só não fique morto vivo
E nunca viva morrendo

*

Palhaços do poder

Não tenho nada para dizer.
Interprete meus atos como quiser.
Não vou mais dizer nada.
Viva sem sofrer pelo meu saber.

Animais injustiçados, salve, salve!
Divinos hipócritas.
Vamos consumir.
Vocês não têm mesmo nada para fazer,

E eu não quero mais dizer,
Aparecer como o pobre inteligente
Que não quer enriquecer.
Guarde seu deboche – palhaço do poder!

Nada vale a paz de ver soldados morrendo
Por chefes de estado
Que brincam de aviõezinhos
E vejam só, só querem o bem – palhaços do poder!

O mundo em rede. Nós – peixinhos
Abatidos – mas com um milhão de amigos
Sob acessos aquarianos
Para dizer te amo – você é minha "alga" gêmea.

Mas vamos lá, peixinhos:
Tudo é proibido
Quando se recebe comida
Estéril – que deve ser sua sobrevida.

Vocês podem brincar
Mas só se for para ganhar
E um dia virar
Outros palhaços do poder.

Não briguem, meninos.
Que feio!
Vamos competir:
Afinal, o mundo é de quem mata primeiro.

*

Para meus filhos não precisarem escrever quando eu partir

Lá, caminhando com nosso pai
Que ainda chamamos papai,
Sinto a alegria daquele tempo
Que chamamos momento
E seguimos andando pelo litoral,
Lugar das cinzas deitadas ao mar,
Ouvindo seus conselhos feito brisa
Que escutamos em poesia
De alguém que cantou a vida
Apenas por querer
Deixar de herança
Aquilo que chamamos lembrança,
O seu estado pleno de amor
No planeta criança em que vivia.

*

Para ser seu
E querer tudo para mim,
O primeiro mundo se perdeu.
No segundo,
Veio um terceiro
Que roubou você de mim.
Mas serei seu
Licenciado prisioneiro,
Réu supremo do desejo.

*

Paris primeira e eterna

Minha vontade de completar dezoito anos não foi diferente da de muitos garotos. Tirar a carteira de motorista era o grande sonho. Mesmo sem ter carro. Outros tempos. A liberdade de poder dirigir, sair por aí, se misturava com a paixão por carros, gasolina e meninas. Sim, existe uma relação direta, hormonal e romântica com um convite para jantar, viajar, namorar.

Eis que mal tiro a carteira e acordo em Brighton, Inglaterra. Grana curta para frequentar escola de inglês por lá, aceito o convite para passear e acompanhar um casal, amigos de papai, até Paris. Detalhe: de carro! Outro detalhe: "Você dirigiria para nós? Estamos dois meses rodando pela Europa e já cansamos da boleia."

Pensem! Poderia ficar horas descrevendo meu debut ao volante por aquele maravilhoso countryside. Atravesso direto o canal. Chegamos na França. Era verão. O pôr do sol na balsa Dover-Calais deve ter mexido comigo.

Rodamos um pouco por Calais à procura de hotel. Lanchamos algo e percebemos que havia uma diferença de fuso horário – já era uma hora a mais. Adiantando os relógios, arrisco: "E se fôssemos direto a Paris?" Minha ansiedade dupla: Paris e não querer parar de dirigir! "Se você aguenta, vamos nessa! Como é bom ter essa energia dos 18 anos..."

Lá fomos nós. Uma madrugada que daria outro texto. Havíamos abastecido o pequeno porta-malas com pacotes e pacotes de cigarros para o amigo do meu pai. Fato que deve ter contribuído para ele ter dito sim: havia nicotina de sobra para a viagem. Nunca tinha visto alguém fumar tanto na minha vida. Dois cigarros na boca, enquanto um acendia o outro. Cigarro apoiado no prato durante a refeição. Algo inacreditável. Comento isso com certa alegria. Como assim? Porque ele parou de fumar! Se ele conseguiu, quem não conseguiria? Outra lição: não dirijam com sono. Além do bafômetro, deveria existir o sonômetro, ou algo do gênero. Um perigo. Ainda inexperiente, corria risco, principalmente enquanto o casal cochilava. Nenhum susto, mas conheci todos os postos da estrada.

Impressionante como tudo que somos são nossas memórias, não? Escrevendo agora, relembro cada quilômetro da aventura. Alta madrugada, entrávamos em Paris. Cidade toda iluminada e quente. Mulheres pelos cabarés. Vestidos curtos e saltos muito altos. A atmosfera era de uma gigante festa. Cada canto desabrochava a boemia. Meus olhos ferviam. O sono havia sumido e dirigia despertado pela cidade mais linda do mundo. Amor à primeira vista, ao volante! Tempo distante deste de GPS. Seguíamos as placas e o que queríamos. Ninguém nos invadia o destino.

Rodamos horas enquanto luzes se apagavam e as baguetes surgiam. Não havíamos nos dado conta que era 14 de julho, Queda da Bastilha. Impossível não fazer um comentário. Que mundo ruim hoje com tanta informação e comunicação o tempo todo. Quantos prazeres bem-vindos da surpresa nos foram subtraídos! Paramos em um Café para um café. Nada de trocadilho. Novidade de sentidos pra mim. Comi o verdadeiro croissant e um pain au chocolat – novos amores!

De repente, caças sobrevoam a cidade. Imagino a preocupação disso hoje. O desfile fazia parte das comemorações. O presidente Miterrand discursaria em seguida e Jean-Michel

Jarre enfeitaria o céu com luz e música do seu teclado no alto do monumento que levaria o nome do espetáculo: La Défense.

Eu me pergunto se esse dia de festa influenciou minha adoração por essa cidade. E mesmo tendo vivido quase três anos na França, e viajado para Paris mais que para São Paulo, nunca cheguei na cidade como nessa primeira vez. Tantos outros momentos parisienses mágicos fazem dessa nossa relação algo só não eterno porque um dia eu termino.

Mas Paris é para sempre! E para sempre pra mim também. Recentemente por lá, pensei que qualquer pessoa que teve o privilégio de saber gostar da beleza, deveria pertencer a Paris. Tudo me fascina. E, sem nada de triste, recordo agora flanar pela cidade com amigos queridos, quando um deles comentou: "Não quero só viver em Paris, quero morrer em Paris".

Entendo. Não ao modo de Jim Morrison, mas viver por lá até morrer. Penso numa experiência: podem me soltar numa cidade de olhos vedados que acerto se estiver em Paris. Algo no ar. Muito explicável, sem justificativas, é claro. Quero Paris. Se pudesse a abraçava. Se pudesse a levava em cada viagem, dirigindo por aí.

*

Pássaro na primavera

Uma certa felicidade
Consola a saudade
Sob o azul mais lindo
A reflorescer a Terra.

Seja bem-vinda,
Primavera,
E aceite
Meu beijo à flor.

Como faço para andar
Agora que consigo voar?

*

Pela vontade de te ver,
Começo a sentir teu cheiro,
A me exibir para o vento,
A voar fora de tempo
Como se a dimensão do que existe
Sumisse
E a imensidão do meu desejo
Me transportasse para o planeta do teu olhar.

Sou pior que um sonhador.
Embelezo meus sonhos.
Nada conseguirá preenchê-los,
Mas são todos meus e morrerão comigo.

Felizmente minha felicidade é apenas inquilina,
Quase nômade.
Mas a tristeza não tem qualidade
E meu coração é chama
Onde momentos infelizes nascem cremados.

*

Pensamento *al dente*

Adoro o vento
Quase frio
Que levanta meu cabelo
E minha mente
Più ardente
À espera
De teu corpo
Ao dente.

*

Pense o que quiser.
Fale o que souber.
Faça o que puder.
Viva o que der.

Mas se não der para viver,
Não quiser pensar,
Não souber falar,
Não puder fazer,
Apenas ame
Até morrer!

*

Perdido

Perdido vem de perder.
Sou seu próprio particípio
Passado sem fazer saber
Tudo depois de te conhecer,

Perdidamente apaixonado
Na deliciosa situação
De viver a felicidade plena
Sem esperança de salvação.

Não há razão para existir.
O que existe é desejo,
Sabedoria a se aproveitar do beijo.

Insisto totalmente sem razão.
Perco com prazer e com vontade
Se for pra você o meu coração.

*

Perdido na vontade,
Escondo meus olhos nos teus
Antes que meu corpo não me respeite
E eu te beije.

*

Perdoem-me os ecos
Sem lógicas
Nem logísticas
Lorotas.

Até onde me lembro
O meio ambiente
Nunca foi inteiro.

*

Pernósticas por DNA

Estou brigado
Por falar o que penso.
Estou virado,
Isolado,
Por dizer o que sinto.
As pessoas são más,
Só prestam se estão ganhando,
Egoístas e mesquinhas,
Pernósticas por DNA,
Salvam sempre sua dupla hélice
E depois em cadeia
Se contaminam
Na bonitinha falsidade
De salvar o mundo.

*

Pessoas de bem não servem para nada

A verdade do bem está no insuportável amor da desgraça alheia. Nada sustenta o ser. Qualquer fome, medo, enchente ou seca, frio ou escuro, revela nosso primitivo. Somos travestidos de bons, amigo. Amigo?

Prefiro o afeto a um mundo melhor, cheio de ginástica e putas e filhos se regozijando saudáveis com a vida feliz. Alegria é hipocrisia sem charme.

Prefiro a tristeza do mar que engole a terra e depois se joga na areia na forma de "amar é...".

Conchinhas são recolhidas pelos seus pares inúteis. Desilusão, amor da minha vida.

O contrário de televisão.

Olho a mão da criança que copia o idiota da vez.

Prefiro o choro do corte, ao riso da morte.

Todo mundo é doente. Só você não sente. Não foi permitido. Semente.

*

Pétalas do piano

Deixe eu te tocar
Com meu gostar leve e intenso,
Delicado azul
Olhar.

Deixe eu te tocar
Como pétalas brancas do piano
Que extraem o perfume colorido da tua beleza
Em notas musicais.

Deixe eu te tocar
Como quem ama
E sabe que a vida é um momento.

Deixe eu te tocar
Futuro passado
Presente.

*

Piano sem camisa

Como é importante
Tocar piano
Sem camisa.
As notas percebem o afã
E se entregam ao compositor
Feito boca e maçã.

*

Preciso escrever sem parar
Para o tempo passar
Rápido e amassado,
Pois sem você do meu lado
O tempo desgraçado
Não passa.
Acho que morre de inveja o infeliz.

*

Preciso falar contigo sobre aquilo
Mas agora estamos proibidos do dito.

Muito de pé precavidos
Voltamos deitados sobre isso.

*

Preciso ser descoberto
Pra não ficar me achando.

*

Preciso viajar
Pra algum lugar
Onde possa escrever
Sobre tudo que me faz morrer.

Um livro de câncer poderia ser,
Mas seria morte em ironia.
Quero falar das poesias
Pelas quais morreria.

Tudo porque morreria
Não das que matam meu noite e dia.

Eis o segredo antissuicida:
Paixão, que não deixa a morte se aproximar.

*

Prefiro morrer ao vivo
Que aguentar tanta gravação.

*

Presbiopia do paraíso

Ando ruim da visão:
Li moça onde estava maçã,
Dei risada ao papel
E roubei para mim a diversão.

Agora conto
Que a maçã mexeu comigo.
Pediu uma mordida
E eu perdi meu coração.

Pedaço de pecado
Irresistível à visão,
Vejo o pulso mexendo a pele.
Vazar seria a melhor opção.

*

Quanto querer:
Fazer música
Pra cantar meu bem.
Minha vida nunca será suficiente,
Tampouco o meu dizer.
Preciso correr,
Pilhar teu dia
Com minha boca
E minha energia,
Me derreter
Ao te tocar tremendo,
Roubar tuas dores
Sem você perceber,
Poetizar tua beleza
Decolar teu corpo com delicadeza,
Minha borboleta estelar,
Fogo dourado
Que faz do sol um menino
No muro do luar
Boquiaberto a te espiar.
O que te faz mulher
É o teu olhar.
Eu nunca vou morrer.
Você entende como amo viver
Música
A te querer?

*

Quase canto
Quando falo
Ao meu peito
Do bem que você me faz
Direito
Ali
Onde mora
O lado esquerdo,
Metrônomo
Do meu sentimento.

*

Quase tudo me irrita.
Inclusive este quase.
Tudo me irrita.
Não é falta de paciência.
Não é falta.
É excesso.
É tudo.
Ou melhor,
São todos.
Todos os que falam o que querem.
E como falam.
Ninguém mais se cala.
Comunicação desnecessária.
Tenho pena do planeta.
Tragédias naturais serão bem-vindas,
Mesmo separando o lixo.

Mas quem sou eu?
Tenho direitos?
Penso o que penso.
Penso que penso.
E sofro.
Onde é meu lugar?
Só me escuto com fones de ouvido.
Só me vejo com olhos vendados.
Só respiro distraído.
Não posso ficar apenas dormindo.
Tento.
Não hesito.
Otimista depressão querida.
Liberdade de sonhar com outra vida.

*

Que a música preencha tua vida
E te faça dançar
Leve,
Mais leve que o ar.
Faça bom teu dia,
Melhor tua noite,
Te faça beijar,
Te faça namorar.
Sou pago pra sonhar
Que componho melodia.
Não me pagam pra pensar.
Sou pago pra gozar

Da existência
Ao desejar
Que a música
Seja tua
Própria
Presença.

*

Quero agora
Na hora
Dessa manhã
Que não me pertence
Espreguiçar minha mente
E aprazer meu corpo
Enleado ao seu,
Saboreando o frescor
Do ar frio de fora
Com sua pele quente.
E assim morrer de preguiça,
Rindo da mesmice da vida
Não sem antes procurar
O amar do verbo fazer
No entre coxas
Eloquente
Do nosso querer.

*

Se você olhou para minha boca
E não desejou o beijo,
Ponto para a morte.
Esse amor não existe sem desejo.

Azar da sorte.

*

Sem pressa,
Mas sob a pressão
Impressa.
Sem causar
Má impressão
Depressa.

*

Semeio desejo pelo olhar,
Rego os frutos com meu beijo,
Colho a flor com leve toque,
Depois fica fácil ter sorte.

*

Sempre que desrespeitei meu jeito
E escondi minha irreverência,
Eu fui traído ou me traí.
Conto rindo o que pensei de você agora,
Arrependido de não ter me divertido.
Ao final teu sorriso não é descabido.
Meu ato irreverente
É delicado pecado
Nesse pescoço
Quando se vira
Pra me dar ouvido.
Vem cá,
Casa comigo
Ou apaga esse fogo
Com tua postura
Se meu pedido
De joelhos
Fizer sentido.

*

Sentimos muito pela morte,
Nunca o suficiente pela vida.

*

Ser humano: aquele que se ilude.

*

Ser lido é ter deixado vida.

*

Será que você não gostaria
Que eu não fosse
Tudo aquilo que eu não sou?
Apenas para não poder
Não gostar do meu jeito
De não ser?

Tire o não
E verá que sou
Teu
Sim.

*

Seu susto com aquele monstro,
Preparando almoço,
Vestida de cozinheira,
Foi sorte a minha,
Se encolheu no meu colo
Em pulo de menina
Apavorada pela gigante larva centimétrica,
Habitante terrível de um coração berinjela.

*

Sinto falta da poesia.
Na realidade, diria:
Sinto falta de dia,
Quando ela vira mentira.

Estaria sozinha,
Perdida,
Eu vivo louco por ela
Parada em cada esquina.

Ela anda livre
E tento agarrá-la todo dia.
De repente
Ela vira poema
E isso acaba comigo.

Será que a poesia sente minha falta?
Por que então ela aparece tanto assim
E me deixa esperando o fim?
Praga de poema que rouba ela de mim.

*

Sinto-me livre e forte,
Metafisicamente apaixonado pela vida.
Só não me peçam para acreditar no homem.
Não sou nada fácil se me falta comida.

Acredito no sentimento, no gostar.
Acredito no não gostar. Chega de inventar.
Deuses só nos fazem morrer.
São os beijos que nos fazem viver.

*

Só bebo escondido,
Sozinho ou a dois,
Ou a dois dividido.

*

Sociedade de achados e perdidos

Você fala alto.
Eu escuto alto.
Você põe o telefone no ouvido.
Eu ponho o fone de ouvido.
Você fala de dinheiro.
Eu só gasto dinheiro.
Você veste e investe.
Fujo olhando o azul celeste.
Dividimos o mesmo tempo.
Convivemos ao mesmo tempo.
Você é um achado.
Eu sou um perdido.

*

Sonhar é o verdadeiro viver

Já tive oportunidade de sonhar, mais de uma vez.
E talvez demais.
Pensando agora sobre isso,
Sonhos são tudo.
O querer do momento nasce no sonho do querer.
Antes do tal momento.
Pré-histórico ou pré-despertar, pouco importa.
O segundo que precede a vontade existe.
E eu vivo disso!

*

Sou a própria emergência.
Não há saída
Dessa ameaça à morte
Chamada vida.

*

Sou escravo da minha presença.
Não consigo mais viver sem mim,
Mas essa prisão tem sido ruim.
Sou quase infeliz, preso assim.

Cativeiro descativado,
Sou mesmo um pobre coitado,
Pequeno carente
De canto apertado.

Como queria ser seu namorado,
Mas não deixei espaço.
Tão pouca escolha fiz da minha vida.
Quando vi já era meu próprio escravo.

A você preparei mundo melhor.
Chamei uma leve brisa para acompanhar seu andar
E mexer com seus cabelos.
Um pequenino sopro no pescoço
Fará você sorrir
E atrair
Um príncipe de braços fortes
Para o mais belo dos castelos.

Fico aqui escravo da minha presença,
Querendo fugir,
Subir a árvore mais alta
E olhar você na janela do seu quarto,
Só para poder finalmente cair
De amor
Sem nunca mais ter que escapulir.

*

Sou um primitivo

Rebelde por natureza,
Cheguei a desistir dos sentidos,
Só respeitando a beleza.
Um mundo existe pelo fim.
Não se preocupe.
Tudo é mentira.
Até você ser sua própria mentira
E partir.
Nosso ciclo é mesquinho.
Hoje vai derreter.
Amanhã vem gelo.
Eras não são e-mails.
Primitivo gosto de ser,
Antes dos anti qualquer não poder.

*

Talvez loucura seja isso. Viver rindo. Esse risível estado de vida só pode ser diagnóstico (autodiagnóstico) de maluquice. O cruzamento do medo com a ignorância povoou a Terra. Mentiras nunca foram tão bem-vindas. Cura sobrenatural de criaturas que se alimentam da burrice deliciosa da ilusão. Fé fervorosa catequizando o universo do autoengano. Oh, mundo insuportável! Fujo pro riso. Escondido, é claro. Desenvolvi até uma maneira de gargalhar para dentro, alto e sem ninguém me dar ouvido.

*

Tanta escrita para não ler,
Apenas cantar com a voz do prazer
Esses teus versos que se deitam
No meu corpo em poema.

E me descubro
Teu homem
Nessa vida
Passageira.

E me descubro
Outra vida
Nesse homem
Que te beija.

*

Tantas vezes penso em escrever o mais lindo poema
[de amor.
Desisto em seguida.
Tantas canções invadem meus movimentos.
Tento parar e não consigo
Mas se um dia minha frase te tocar feito beijo,
Conte pra mim,
Que volto sem desespero
A escrever cada canto
Do meu sentimento.

*

Te desobedeço
Com respeito.
Concordo
Mas não quero.

Eu erro na coragem
Mas acerto no erro.
Vivo merecido
O medo do meu desejo.

*

Tenho sorte até dormindo
E não tomo comprimido.
Sonho contigo sonhando comigo
E acordo ainda mais atrevido
Gemendo diante do perigo.

*

Texto requintado
De poeta amargurado,
Sempre invejo ler
De quem saiu pela estrada,
Pelo avesso,
Viveu histórias de frente
E nasceu para escrever.

*

Toda vaidade é um monstro que chora,
Ambição desesperada de ser o que não é.

*

Todo mundo vivendo doente
Para morrer saudável.

*

Tudo muda por um fio

A traição é um fio de cabelo na comida.
O traído tira o fio
Mas comer não faz mais sentido.
Não há mais fome
Embora seja a mesma comida.

Se o fio que tinha caído sumir
Antes do prato ser servido
Nada muda na sua vida.

*

Tudo que eu queria era estar apaixonado
Mas estou cansado.
Quantos beijos perdidos.
Onde você colocou meus comprimidos?

Tenho pressa para quê?
Não vou a lugar nenhum sem você.
Quanto desejo desperdiçado.
Agora mesmo pareço dormindo,

Correndo atrás do tempo.
Correria a vida toda atrás de você,
Tudo que eu queria era estar apaixonado.
Hoje meu ar não vem e ainda preciso ficar acordado.

Vida não é só o contrário de morte.
Pareço ter frio, mas posso queimar com meu olhar.
Mar de nada a se preocupar.
Quem manda saber nadar.

Vou aguentando a luz e seu bom dia
Com a maior preguiça do mundo.
Intoleráveis sorrisos aumentam minha melancolia.
Fecho os olhos para sonhar contigo.

Mundo falido.
Eu deveria era estar dormindo.
Quase sinto a falta do banho
Mas sem estar apaixonado nada faz sentido.

Não estou deprimido.
Apesar de sofrido,
Querer me apaixonar
Me deixou de fora do paraíso.

Sobrou um branco.
Maldita cor do papel.
Isso já deve ser o sem graça do céu.
Quando você me deixará ver suas coxas?

Salvo as palavras adiante.
Se um dia quiser lembrar
Minha mente da vontade perdida
De estar perdidamente apaixonado.

*

Um a
Longo,
Aspirado,
Suave e rouco.

Um a
Gemido
Ao bom dia.
Um a de encontro,

Olhando
Olhos que falam
E pegam no colo,
Um a apaixonado,

Um a desejado,
Quase ajoelhado
Antes do beijo
Encantado.

*

Um bom-dia ao dormir
Deita com a noite,
Feliz.
Acorda leve,
Entre a tinta e a tela,
Supera nossos olhos
Sem roupa
E deixa a vida mais bela.

*

Um cara tão ateu
Que só fala tchau,
Jamais adeus.

*

Um colo pelo ouvido

Porque tem dia que eu quero te pegar no colo
Nem que seja pelo ouvido,
Fazer teu mundo com meus braços
Descomprimido e infinito,

Sussurando desejos,
Íris coloridos
Sem nada para mostrar.
Apenas deixar você ficar

Instalada no amor,
Protegida pelo querer,
Refugiada da dor,
Recarregada no viver,

Ser espelho da tua beleza,
Aquele que recebe teu beijo
E se encanta com teu sentir
Pelo olhar profundo do gemido.

*

Um romance é o que a vida deve ser.
Surreal aventura entre o nascer e o morrer,
Repleta de querer,
Chamego total:
Me leve e não me leve a mal.

*

Um sim é sempre um sim, não?
Um não é nem sempre um não, talvez?
Entre o ponto e a exclamação
Viver é a diversão da interrogação.

*

Uma inspiração faz um poema, uma canção.
Duas inspirações podem fazer uma respiração.

*

Uma realização de menino
Toma conta de mim
Como se esta vida
Fosse um jardim.

*

Uma você e meia

Se as minhas coisas são você,
Dividi-las com você
Faz você ficar mais metade você
E eu ainda mais feliz

Com uma você e meia pra mim.

*

Unidos
Pelo susto
Do querer,
Esse espanto
De desejo
Imerso na poesia
Que se faz
Por quem a lê,
Sem explicação
Feito explosão de luz
Na escuridão.

*

U.T.I.

Sofro por te ver sofrer
Mas sofrer de amor é também viver.
Só sofre quem ama.
Só ama mesmo quem sabe sofrer.
Não consigo respirar.
Aqui também falta ar.

*

Verbo que vira
Amar
Pois do amor
Não deixa
O peso
Da impossibilidade
De controle do mundo
Controlar o coração.

*

Visto meu pijama
Ao sair da cama
Com a responsabilidade
De quem dorme pelado
Pra provocar a dama.

*

Vivo a espontaneidade do desejo,
Regada ao sabor do vento
Perfumado pelas flores
Em notas musicais.

Canto essa canção
Para me carregar no colo
Quando a tempestade da saudade
Fez transbordar o rio bailarino.

Fecho os olhos e
Com os ouvidos
Me vejo
E me sinto.

Ode bagunçada
Na alegria apaixonada
De acordes relativos
Em voo tônico infinito.

Eu tenho dessas coisas...
De querer esse beijo igual ao primeiro,
De tocar sua pele das costas
E causar arrepio por inteiro.

Nada como o sexo em dia,
Homem ou mulher,
Um se agacha, outro se acha,
Uma deixa, outra gueixa.

Perder-se a dois,
Atravessando caminhos
No mesmo espaço
Até encontrar o irrefreável gemido.

*

Vivo de poesia
No sorriso
Das crianças,
Na rabugice
Dos normais.

Da morte, faço pouco.
Abro os olhos dia a dia
Dando troco no respiro.
Amo a vida feito louco.

Vivo de momentos.
Dos tristes
Ao vento,
Dos felizes
Ao coração.

Tudo
Com um todo.
Contudo
Às vezes
Nada mais me diz algo
Ou me interessa
Que esse café com leite e
Essa manteiga no pão.

*

Você lê meu corpo
Que hoje chamo de romance.
Não há beleza necessária,
Mera resposta sem indumentária
A mais
De um corpo que cai
Feito livro antigo,
Feito boca entreaberta ao olhar.
Mas teus olhos sabem olhar,
Entendem a poesia
Do meu movimento
Em palavras ocupando o ar
Nesse desejo de ser
Teu.

*

Você mexe comigo.
Eu me mexo,
Mas você é quem fica mexida.
Não há nada errado,
Quanto menos em mexer comigo.
Se a mecha também mecha seus sentidos,
A ponto de mexer
Comigo contigo,
Pulo exaltado,
Descomprimido.
Mas deixa
A madeixa

Achar
Que foi por causa dela
O meu achar
Enxerido.

*

Você trabalha com quê?

Trabalho com sinais.
Sinais e sintomas.
Sintomas, aqueles pastores no sentir.
Sinais, as pegadas a seguir.
Trabalho com palavras também.
Muitas palavras. Algumas até enrugadas.

Sou médico na pele.